農園の百個の栗より拾った一個

婆寄ればボケも自慢のタネとなる

嫁姑コロナで空いた距離のまま

JN045059

戦争《いくさ》ない保障なければ産めないわ

老いてまた隣に夫の高いびき

紆余曲折ここまで来れば一本道

頼んだよ澄んだ瞳の高校生

今の世界《よ》は長居無用にてほどほどに

年取って気が合ってきたご近所《コンビニ》さん

日本人《わたしたち》戦う覚悟ないですが
外国人《がいじん》のジャパン・ラブに照れるなア
日々シラフ少しの酒を処方せん

とっておく最期に感謝の妻にハグ

憎しみのお返しはしません日本人

古くなりトリセツ通りにいかぬ妻

結構にもう付けないと分からぬ人

保育士が我が子預けて育てる他人《こ》

結局は愛なのよ愛すべて愛

人々の思い飲み込むポスト口《くち》

九回裏スクイズ決め去った老妻《つま》

ちゃぶ台に角ができた日遠くなり

見えたんだママが女に離婚の日
今はもう空き家になった寺内家
部屋の壁グチ聞かされてシミが増え

「君は便座のような人」褒めてるらしい

いつのまに伝言ゲーム《かぜのうわさ》で鬼籍入り

カルセールの道を闊歩するマツコさん

パンダのような夫なら愛せない

〇《ゼロ》歳で世間の風知る園児たち

「あなたのため」妻のリユース高くつき

小学生孫の推し活初恋か

若鮎は清流にいてこそ生きる

どんな子も初めは透明だったはず

時代おくれと言われてもそれもいい

せっかちも時間に抜かれまた一年

国会で学ぶ己の守り方

雨宿り恋の始まる軒がない

男の子戦争《チャンバラ》ごっこ好きだから

失言って本音言ってるわけでしょう

婚活もおせっかい婆いなくなり

落花生今も住んでるジジとババ

いい夫婦賞味すぎても消費まで

断捨離で初心にかえる六畳間

愛犬はさっさと寝そべる立ち話

花が自慢の公園に勤める花

万太郎《まんちゃん》と行きたくないなウォーキング

昔はね持参リストに米二合

激辛で刺激足りぬか平和ボケ

映写機のホコリ懐かし映画館

仏壇に問いかけ答え我が出す

チンドン屋の音《ね》につられ行く昔の子

年金に住まい少しの友あれば
こたつ派？　カーペット派？　ネコのこと
東より西の方が好き空のこと

届け物預りおこぼれあった頃

地球儀のこんな所に居る私

悩み事引いて足したら答え出た

人間にたまたま生まれ日本《ここ》にいる

生きる意味教えてほしい桜の樹

白鳩をどれほど放せばこの空に

エスカレータ見えぬルールを守る罪

芸人はクイズ修業に精を出し

子供《こ》の心思い出すには遠すぎる

えびす顔方向音痴が道聞かれ

国事情嫁いだパンダに罪はない

令和巻きどこを切っても多様性

アポなしで遊べた頃の「あ・と・で」

夫婦危機あってよかった人類愛

遠い耳近くになった母の顔

妻小言待てばじき止む通り雨

老犬を抱えて帰る散歩道

愛息《オレオレ》に責任の取り方教えたら

ボケかしら夫の長所浮かばない

逝ってみてやっと分かった生きた意味

失敗も笑いのタネにして笑う

貧しくも平和な国の笑顔かな

戦後の子モノクロ笑顔弾けてる

ことわざで学ぶ人生泣き笑い

若者よリアルヤバイよ日本語が

ぎこちない外交用のレディファースト

ソーリ殿我が子兵士にできますか

人類が造ったマヤクのよう酒

守られて動物園のぽっちさん

おもろいが何のＣＭか分からない

老い支度家があっても老人ホーム

子に残る整形前の親の顔

ストーカーその熱量ください福祉に

ビデオなく一本勝負で観るテレビ

花ならばあきらめないよ生きること

ざわつく空に願い事届かない

洗濯機買い替えても二槽式

寂しさを道連れ生きる長寿かな

松竹梅金で人生買えるなら

別姓で国が二つにならぬよに

赤ちゃんに見つめられ目をそらす罪人《おとな》

イクメンも育てながらはママつらい

人々の思い重たき枝垂れ桜

リハビリの人を追い越すゆっくりと

セルフレジ話しかけてるおじいさん

褒められて伸びる日本と日本人

求ム！　育児と家事のできる夫

いつものをいつものように老グルメ

現代《いま》ほどに便利でなくも生きられる、けど

「沸きました」いつも優しい家電妻

傘を持ち駅で待つほど妻暇じゃない

傘持って服も気遣う予報士ママ

若葉添え十七文字のプロポーズ

ネグレクト⁉　鶏《あたし》にだって言い分あるワ

お先にと梅にゆずる桜の余裕

ランドセル走って帰る幸せな子

モンブランてっぺんにフォーク制覇する

気疲れで八方美人もつらいのよ

老人ホームも墓も別々と妻が

漫才師たまには漫才してみたら

永き人生《ゆめ》めざめたとき人眠る

そばにいてスマホで愛を語る現代《いま》

人伝てに褒められ嬉し褒め上手

富士山も推しも遠くで見るがいい

妻の愚痴ラップのようで眠くなり

一人がいい一人でもいい二人もいい

突然の雨に走らぬ男の流儀

防犯は暇な年寄り近所の目

これとあれ、それで通じたケーキ選び

幼子の大阪弁って何か貫禄

グルメデビューしたとて母の握り飯《おにぎり》

胸元に熱い視線金ネックレス

強妻に娘付いたら敵《かな》わない

三歳で料理酒おぼえ今酒豪

スマホなく信じて待った待ち合せ

引き出しの奥に止まったままの青春《はる》

バナナだってメロンに並んだ頃もある

舞台から落ちた猿にも驕《おご》りあり

上書きをしてはくれぬ妻の記憶

若者よご自愛下さい老女より

幸不幸折り合いつけてたどり着き

戦争って嫌いな虫を殺すこと？

何でやねん、でもいいなぁ楽天家

後悔は忘れてくれぬ物忘れ

味噌汁が恋しい年歳《とし》には塩制限

年賀状来なきゃ来ないで気になるし

近頃は片目つぶって見るテレビ

親切は誰かに親切返礼品
喋ること忘れて人類《ひと》は猿になる
君《チャット》たちに癒やしてもらうつもりない

世界には花火が怖い人もいる

永久に未完の大陸世界地図

正義は勝つとはいかぬ大人のお伽話《はなし》

昆虫Gの往生際のよな議員

天高く食費も高く肥えられぬ

いつのまに蝉のふるさとうちの庭

草は雨人は情けで生き返る

若者に退屈過ぎる平和かな

出没！　野生の人間《おとこ》警戒注意

我が夫婦お一人様が二人いる

愛犬に家族取り持つ平和賞

悪人のいない争い終わらない

その顔じゃ苦労足りぬと神は言う

夏でなく冬に恋しくなるお人

紅葉《もみじ》なら愛でる頃合い更年期

ハマるよねクレーンゲームのような恋

見つめられ視線の先に犬がいた

謄本にペットの名前載る未来

譲れない一番風呂はオヤジの威

父の日の宴の払い父が持ち

人生に見つけておこう非常口

アイドルも共に白髪に近くなる

よろけても落葉は踏まぬ老いの意地

笑うとき手を叩かねばいけないの？

ミッキーと思って見てもマウス嫌《いや》

県境越えても誰も咎《とが》めない

月だけが知ってる恋に明かりない

鬼の子の敵はヒーロー桃太郎

空爆はライト兄弟いなければ？

前奏《イントロ》があって燃えるの歌も恋も

炬燵入り絡まる脚のない独り

推奨「逃げるが勝ち」生き方改革

失敗のない人生失敗という

癒されたい？　面倒な人間《どうぶつ》だニャン

コンビニに酒もおでんも、呑ませてよ

夫だって外面《そとづら》よくて二刀流

社会ならルール違反よ盗塁は

日本人万歳しても謙虚なの？

人間の発情期《こい》いつでも季節ない

朝カレー孤独のグルメお正月

毛玉取り母の背のない日向ぼこ

あんな子《ショウヘイ》を産んだ覚えはないと母

歌謡川柳

あずさ2号待つ君の髪になごり雪

有楽町で逢って別れて銀座の恋

三年目の浮気見つけるわ千の風になって

哀愁列車待っている女ああ上野駅

人生のいろいろに降る愛燦々

約束の小指の想い出犬が噛み

愛犬といつまでも幸せだなあ

バスストップ手を振る赤いスイートピー

なぜ捨てる勝手にしやがれルビーの指輪

同性婚いいじゃないの幸せならば

花散ればただの古民家さざんかの宿

夜空ノムコウ希望という明日があるさ

ふるさとの川の流れのように人生一路

近江、松阪そして神戸肉うまい

関白宣言した途端ラヴ・イズ・オーヴァー

大都会見上げてごらん夜の星をナイナイナイ

大人の階段のぼるのね高校三年生

赤い糸絡みほぐして夫婦春秋

なみだ雨ふれふれ歌姫つれてこい（ダンチョネ）

恋におちてとことん落ちて愛は勝つ

昴になったあの人にありがとう

あなたとの愛と部屋にもすきま風

天城越えよせばいいのに危険な二人

失恋も笑ってあばよプライドよ

幸せなら手を叩こう足鳴らそうウルサイワ

娘よまつりも近い帰ってこいよ

この野原いっぱいに花は咲くきっと

噂の女と結婚するって本当ですか

木綿のハンカチいらないわさらば恋人

少子化ってだから言ったじゃないの、ねえ

北酒場昔の名前で出ています

ふたり酒今日でお別れひとり酒

別れの朝寝坊の二人シラケ鳥飛ぶ

はるみさん変わりないですか北の宿より

恋人よまた逢う日まで達者でナ

女の意地まちぶせして狙いうち

帰ろかな帰るのよそうかな宇宙船

世界は二人のために★お★めでたい二人に乾杯！

初恋は年下の男の子女の子

もしもピアノが弾けたなら真夜中のギターやめるわ

うそなのね君がいるだけでいいなんて

「待つわ」でも実は忙しいのごめんね

私鉄沿線神田川そば風呂屋あり

守ってあげたい世界に一つだけの花

難破船誰もいない海淋しすぎます

街の灯り消えても月がとっても青いから

傘がない恋人たちも濡れる街角

22才で別れていればね熟年離婚

ヤンチャも笑って許して少年時代

春一番花粉も連れて困っちゃうな

大漁にかもめが翔んだ日兄弟船

百万の失った命赤いバラ

君の名は？　個人情報言えないわ

蛇にも翼をください竜になる

エッセイ

母とソーセージ

寒い朝、水仕事をするとき、かじかんだ手を温めてくれる湯沸かし器はありがたい存在だ。今では当たり前にあるが、まだなかった時代は生活する上でさぞかし大変だったことだろう。とりわけ水仕事を担っていた女性の苦労はいかばかりかと思う。

私は戦後落ち着きを取り戻した頃、東京下町に生まれ育った。兵隊さんの宿舎だったという長屋に住んでいた。十畳一間で風呂もなく、トイレや洗い場は共同で離れた所にあった。台所はあったが、狭くて床は土のままという粗末なものだった。

昔の冬は寒かった。そんな中で母はわずかな燃料で料理を作り、子供を育てていたかと思うと、感謝とともに若かった母が不憫に思えてくる。

当時、母が何を作っていたのか幼かった私の記憶はおぼろ気でよくは覚えていないが、天ぷらを揚げているとき、母が小さく切った魚肉ソーセージの揚げたてを箸の先で「ほら」とくれたことは覚えている。熱かったけど美味しかったこと、その嬉しさは今でも記憶に刻まれている。

今思えば、揚げている最中に行儀が悪いことだったかもしれないが、揚げたてを食べさせてあげたいという母の愛情を感じる忘れがたい思い出になっている。

その後は時代とともにソーセージからイカ、エビに変わり、ソーセージの天ぷらはいつのまにか目にしなくなった。

もう一つの母のソーセージ料理の卵とじも好きで、大人になって時々は自分で作ったこともあったが、なぜかソーセージの天ぷらは一度も作ってはいない。あの時の母の温もりの込められた美味しさは二度と味わうことができないと分かっているからだろうか。

ここで、天国の母から「私はソーセージ料理だけ作っていたわけじゃないわよ」とクレームが来そうなので母の名誉のために記しておくが、ほとんど手作りで特に煮物や煮豆などは得意だった。梅干しやらっきょうなども漬けて近所の方に配ることを楽しみにかなり高齢になっても続けていた。優しく情のある母だった。

私は子供を持つことはなかったので、所謂「おふくろの味」と言ってもらえるものはない。美味かどうかは別にして、子供の心だけに残る母の料理があることを羨ましくも思う。

この年齢まで様々な美味しい料理を口にしてきた。たかがソーセージである。ソーセージ自身もよもや鰻やステーキに並ぼうとも、勝とうとも思ってはいないだろう。身の程をわきまえつつ私の心を摑んでいる。今も我が家の冷蔵庫にはパッケージは変わったが昔から変わらぬ姿の魚肉ソーセージが存在している。頻繁に使うわけではないが、居てくれるだけで安心感がある。

長い付き合いのソーセージ。母の思い出とともに大切な友となっている。

デパートの屋上

あたい（下町の子供言葉）は戦後少し落ち着きを取り戻した頃、東京の下町深川で生まれ育った。

当時は気の利いた遊びなどなく、日曜日に母に日本橋の白木屋デパートへ連れて行ってもらうのが楽しみだった。お決まりのお子様ランチを食べ、屋上に行くと踊り場にペットショップがあり、店先で小鳥たちが賑やかにさえずっていた。ステージでは何らかの催し物をやっていて活気に溢れていた。一番の楽しみは小さな観覧車やジェットコースターに乗ること。あたいにとってはまるで夢のような世界だった。

大人になってからもデパートに行くと何か楽しいことが待っている気がして必ず屋上を覗きたくなった。

そこにはもうあたいが遊べるものはなかったが、ベンチに座って空を眺めるだけで心が落ち着いた。

　時が経ち世の中は娯楽に溢れていた。いつのまにかデパートの屋上には観覧車もジェットコースターもなくなり、人もいなくなった。そして入り口にはロープが張られ、思い出はモノクロに変わってしまった。

　今は、そのデパートもなくなり、跡地には高層の商業施設が立っている。林立する高層ビル、変容する街並み。でも私には見える、あのデパートの屋上が。遠い空は望めぬほどちっぽけな観覧車、安全第一でスリルのないジェットコースター、じっと待っている木馬。母にせがんで何度も乗った木馬に何だかもう一度乗ってみたくなった。乗るための十円玉はいくらでもある。だが、乗るには私は少しばかり、いやだいぶ大きくなってしまったようだ。

二槽式ラブ

ガタガタ音がする。段々激しくなりカラダを揺らしている。機嫌が悪いといつもこうだ。こうなったら手が付けられない。顔色を窺いながら入れ直す。そしてそれはうなりながらピタリと止まる。

それとは洗濯機の脱水槽の話である。実は我が家では洗濯機は二槽式を使っている。

若い方は何それって思うに違いない。年配の方でもまだあるの？　売っているの？と言うかもしれない。

あります。売っています。

かつての日本のお母さん方をタライから解放したという誇りを失わず、売り場に僅かな居場所を確保している。二槽式が出る前は洗濯物を二本のロールに挟みハンドルを回して絞っていたのを知っている。それでも当時としては画期的な電化製品だった。

うちは母の代から、買い替えても二槽式を貫いてきた。仕事で全自動を使ったことはあるが、機能ボタンが多く、蓋を閉めれば中の様子も分からず、終われば脱水で切り干し大根のようになって出てくる。

確かに忙しい時は便利だと思う。

一方、二槽式は手がかかるが、様子を見ながらいろいろと調整できるのがいい。すすぎも見ていると目が回りそうだが、鳴門のうず潮と思えば癒される。まだ存在しているところをみると需要があるということだ。「二槽式友の会」の会員と良さを語り合いたいものだが、私より年上の方に聞くのは少々ためらう。その方に「もちろん全自動よ、今どき二槽式なんて」と言われたらショックだ。

でもよく考えたら高齢者だからこそ手のかからない全自動が必要なのかもしれない。今後の課題だ。いや、私には猶予がないことを痛い膝が教えてくれている。しかし、長年共にしてきただけに別れはつらい。どちらが先に壊れるか分からないが、添い遂げたいと思っている。

三郎くん

たとえば「三郎くん」といえば一般的には三男でお兄さんが二人いると想像できる。実に簡単明瞭な名前である。母の話によると、昔は九郎さんもいたというから驚きだ。親御さんも物のない時代を生きるのに精一杯だったに違いない。

最近の子供の名前はとても凝っている。ある文芸誌に小学生の応募作品（俳句）が載っているのを目にしたことがある。かなりの数であり、見ているうちにだんだん頭がクラクラしてきた。大部分の名前の読み方が分からなかったのだ。特に女子の名前の華やかなこと。私にはキラキラではなくクラクラネームに思えた。時々「子」のつく名前を目にしては何だかホッとした。男子では「三郎くん」は一人もいなかった。

学校の先生の苦労も分かる気がしたが、子供自身もいちいち説明をしなければばならないという苦労も課せられそうだ。

とはいえ、大切な我が子の人生が佳きものとなるようにとの願いを込めた名前。親からの初めての最高のプレゼントに愛情を感じる。

それだけに事件の容疑者の名前を見て、何だか切ない気持ちになることがある。

名前とは一生付き合っていくものだけに、名にふさわしく生きていきたいものだ。

若い頃、電話で社長の名前「慎介」を伝えなければならないことがあった。慎しみ深い「慎」、そこまではよかったが「介」が出てこない。早く伝えなければと咄嗟に出たのが厄介の「介」。言ってからさすがに喩えがまずかったと思ったが、たまたまその社長がやりたい放題のワンマン社長だったので、まんざら当たらずといえども遠からずといったところだった。

そういう私も近頃は本名「明美」を説明するのに何となく言いづらい年齢になってきている。

植物は気まぐれ？

七年前にバケツ何杯分かの実をつけて以来、プツリとならなくなった柚子の木が一昨年からまた実をつけるようになった。

特に肥料をやったわけでもなく、時の流れに実?を任せていただけなのに、何故なんだろう。

今年もたわわに実り、緑葉に隠れてじっと風を待っている。また時を同じくしてならなくなったミカンの木まで今年は少しだけ実をつけている。実に不思議。

そういえば、向かいの家の柿の木がいつのまにか実をつけなくなっていた。いつもベランダに大切に吊るしていた柿の数が年々減ってきていて、数年前に一個干されたのを最後に見ていない。それでも落葉をこまめに掃いている姿を見かけると気の毒になる。

本当に植物は気まぐれなのか、何かの自然条件が影響しているのか、植物と会話ができるのなら聞いてみたいと思う。

ただ考えてみると、柚子が実らなくなった時期は世話をしていた父が亡くなり、私も体調を崩していたことと重なるのだ。そして再び花を咲かせ始めた頃、私も元気を取り戻しつつあった。

もしかしたら柚子の木はとてもデリケートで人間の心が分かる植物なのかもしれない。そんなことを結構本気で思っている。

あの時、手入れもできないし、咲かぬなら切ってしまえとばかりに業者に頼んで伐採することも頭をかすめたが、とにかくよかった。

死んだふりをしているだけで命を繋げるという生き物の目的を忘れてはいない。その逞しさを人間も見習いたいものだ。

心なしか青が薄くなってきたように見える。じきに緑葉の森を明るく照らすように、るいるいと黄色の姿を現してくるだろう。

「冬の日や柚子の外交して回り」

冬至には、今年もまたご近所に柚子を届けることができそうだ。

アナログ

先日、何年かぶりに電車に乗った。このご時世であり、よっぽどの用がない限り外出することはなかった。最寄り駅にはホームドアが備わり、回転寿司店もできていて、すっかり浦島太郎のよう。

用事を済ませホームに降りた時、丸いアナログの時計と目が合った。久しぶりのお出掛けに「お疲れ様」と言ってくれている気がした。公共の場ではもしかしたらなくなっているのでは、と思っていたので何だかホッとした。

こちらも「まだいてくれたのね」と声を掛けたくなった。

アナログで思い出した。昔、若い人たちと話をしていた時、私は苦手なカタカナ語を使いこなした気分で堂々と「私はアナグロ人間だから」と言ったのだ。すかさず一人から「それを言うならアナログでしょう」と返されてしまった。他の人も気づき笑いが起こった。

言葉の失敗は時々あったので、みんなは温かく受けとめてくれたのだが、何とも恥ずかしい思いをした。

家に帰って辞書で調べてみたら「アナクロ」は時代おくれとあり、まんざら遠くはないと思ったが、「アナグロ」はない。ふと昔の、顔を黒く塗った「ガングロ」が浮かんだ。

あれ以来、知ったかぶりはやめよう、自信のないときは無口でいよう、そう心に決めた。

バイオリン

ストラ#○△……ス。これは世界に名高い、値段も超お高いあのバイオリンのこと。どうも外国の名は長くてややこしくて覚えられない。はなから覚えることを諦めている故に、失礼ながら、ここではストちゃんと呼ばせていただく。

テレビのクイズ番組で、プロが弾くストちゃんと音大生が弾く普段使っているバイオリンとを聴き比べて、名器ストちゃんを当てるというのがあった。私も挑戦してみた。

結果、ほとんどの人は当てられなかった。私もその一人。大部分の人が安価なバイオリンをストちゃんと認識したということだ。何だか、ストちゃんの立場がないではないかと思ったが、結局のところ素人には細かな違いなど分かるはずがないということなのだろう。

そんな矢先、音楽番組で歌手と名の知れた男性のバイオリニスト&ストちゃんのコラボを聴いた。というより拝見したといったほうが合っている。というのも影像的にも私の視覚を十分に刺激したからだ。

そのバイオリニストは巧みに曲に乗り、豊かな音色を全身で奏でていた。まるで弾く人と楽器が一つになって踊っているように見えた。バイオリニストの醸し出す優しさと相まって心に響いた。

その時、私の脳裏にはストちゃんの存在も安価なバイオリンだったらなんてことなど全く浮かばなかった。それより酔っていた。歌手の方には申し訳ないがバイオリニストにすっかり魅了されていた。ラストは心地よい余韻を残し終わった。

私はつくづく感じた。人を惹き付け感動を与えるのは、テクニックはもちろんだが、楽器だけではなく、弾く人の持っている人間力、心も大切な要素であることを。くだんの話も音大生のひたむきさが素人の私たちに響いたのかもしれない。

ふと私は人生を終えるときは、その余韻に包まれながら旅立ちたいと思った。心の中で「ブラボー」と叫びながら。

昔の映画館

私が小さい頃、近くに映画館があった。

娯楽の少ない時代であり、いつも盛況で階段や通路まで人で溢れていた。舞台のカーテンが開くと、人々の熱い視線が一気にスクリーンに注がれる。よそ見している人などいない。フイルムの時代なので、後ろの小さな窓から映写機の明かりが洩れていて、時折、映像が止まることもあったが、みんなおとなしく待っていた。

粗削りが魅力の裕ちゃん、美空ひばりの時代劇の男役も格好よかった。吉永小百合、浜田光夫のゴールデンコンビの「愛と死をみつめて」では見終わって友達と外で大泣きしたことも懐かしい思い出だ。

「喜びも悲しみも幾歳月」では佐田啓二演じる灯台守が結婚した娘の乗った船に灯りを照らすというラストシーンで、主題歌が流れ、白いカーテンが閉まるという感動的な光景は今でも鮮明に覚えている。

映画が終われば、今では考えられないが、自然と拍手が沸き上がった。大人たちは満足そうな顔をして帰って行った。

私は売店で駄菓子を買ってもらうことも楽しみだった。今でも好きなアイスモナカ。映写機のジージーの音、放射状の光の中のホコリ、硬い椅子、人間くさい大人たち。

熱かった映画館、今でも忘れられない。

孤独

孤独はひとりぼっちで寂しいもの。そう感じたとしたら、それはとてもつらいことだ。でも、誰もが同じように感じているとは限らない。

私も以前は一人で店に入ると「お一人様ですか？」と聞かれ、寂しさをダメ押しされたようで、うつ向き加減に片隅の小さなテーブルに着いたものだ。でも今では多様性が尊重されるようになり、「お一人様」は市民権を得たかのように、気軽に楽しめる時代になった。ひとり旅も人気だという。

友達や家族に囲まれていれば孤独とは言わないかもしれないが、だからこそ感じてしまう疎外感や孤独もあると思う。

病気になり、幸運にも最良の医療に出合い、そばで励ましてくれる家族がいても、病と向き合い闘うのは自分自身だ。

誰もが経験する最期も当然一人で旅立つ。息を引き取る間際まで苦しそうにうなり声を上げていた母。私には生きる闘いをしているように見えた、たった一人で。そばにいた私は何もしてあげられなかった。私は、これこそが究極の孤独だと思った。

所詮、人間は生まれたときから一人で孤独なのだ。

話したくなったら独り言やテレビと喋ってもいい。時々は大きな声で歌の一つでも歌っちゃおう。ただし窓が閉まっていることを確認すべし。

うっぷんは川柳で晴らし、口直しに俳句でも詠もう。

愚痴は壁や天井が聞いてくれる。

実はこれは全部私が実践していること、というよりいつのまにか自然にしていたことなのだ。

因みに私の一番のお気に入りは、泣きたいときに思う存分泣けること。

私は今も孤独と暮らしている。

梅と桜

もし、梅と桜が同時に咲いて少しの時間しか持ち合わせてなかったとしたら、あなたはどちらを選んでお花見をしたいですか？

どちらも日本を代表する花だし、一年に一度のチャンスを逃したくないからと迷う方が多いと思う。

そんな人間の思いを知っているかのように、ちゃんと時期をずらして咲いてくれている。

梅は冬の終わり、春がまだ浅い頃、一輪一輪ていねいに開き、香りで人を惹きつける高貴なお方。

桜は春の盛りにたくさんの花を咲かせ、人々を引き寄せる庶民派。人々は桜の花に、それぞれの思いを託す。

近くの小道を歩いていたとき、突然、鼻をくすぐる甘い香りに呼び戻されたことがあった。小さな梅林から漂う香りが春の訪れをそっと教えてくれたのだ。私はそのでき立ての「春」を待っている母に届けたくて胸を広げ、いっぱいに息を吸ってみた。

桜は寂しいと言っていた母。嬉しいときも悲しいときも人々に寄り添い、共に生きてきた桜。梅に「お先にどうぞ」と譲る余裕に桜の自信のほどが窺える。

桜が散る頃、出番を待っていたかのように、ハナミズキが青い空に紅白の花を咲かす。

生きる知恵を植物から教えてもらっているようだ。

栗の実

秋の味覚といえば、私は一番に栗を挙げる。

松茸は負け惜しみではないが、他のキノコとさほど変わらない気がするし、さつま芋は美味しいが簡単に手に入るものだ。

昔、何人かでぶどう狩りに行ったことがある。山里を散策していて道端に無造作に、私から見れば無防備に転がっていた幾つもの栗を見つけた。

私たちは子供のようにはしゃぎながら拾い上げた。

タイミングよく手に入れられたことをラッキーと喜んだが、あとで考えたら地元の方にとっては山の幸は豊富で道端に落ちている栗など見向きもしないのだろう。

町中ではそうはいかない。近くの公園に栗の木があるが、運がないのかいつも空の毬が残っているだけでゲットしたためしがない。

農園やスーパーに行けば豊富にあるのに、山や道端で拾った、たった一個の栗でもポケットにしまいたくなる。

それにしてもあれほどまでに守られている木の実はあるのだろうか。まるで鎧をまとっているかのように毬、硬い皮、渋皮で守られ、茹でるのにも時間がかかり、皮を破るのも難儀だ。昔、母が爪を黒くしてむいてくれたことを思い出す。

でもそれだけに口にできたときの喜びは大きいものだ。人間はなかなか手に入れられないものは余計に欲しくなるものだ。

私が欲しくても手が届かないものは何だろう?

未来の家族写真。白髪で小さく丸くなった私は家族に囲まれ、腕の中には赤ちゃんがいて、シワシワの顔に穏やかな笑みを浮かべている。

少々話がそれてしまったが、欲しいものが簡単に手に入れられるほど人生は甘くないようだ。

いつかまた、道端で栗の実と出合える幸運が訪れることを願っている。

因みに、ケーキはもちろんモンブランが好きである。

空き家

最近はよく近所を散歩しているが、空き家の多さに驚く。今、深刻な社会問題となっていることを実感する。ベランダに錆びた竿がそのままになっている空き家。何の関わりのない私でもなんとなく寂しさを感じる光景だ。一本ならまだしも二本、三本となるとなおさらだ。かつては家族の洗濯物が沢山干されていたはずの竿。ちょっぴり感傷的になった私には、何だか家族の笑い声が聞こえてくるようだった。

朽ちていてすぐに空き家と分かる家もあるが、まだしっかりとした家屋なのに戸が閉まり、まるで生活感がないお宅も結構ある。主は亡くなったのか、いや今なら老人ホームということも考えられる。親族も入居しないというのも寂しいものだ、などとあれこれ頭をめぐらしてキョロキョロしていると不審者に間違われないかと少し不安が過る。

荒れ放題の庭に遠くからでも目立つほど赤々とキョウチクトウが咲いている空き家がある。まるで主のかわりに家を守っているかのようだ。

菅原道真の歌ではないが、植物は主なしとて季節を忘れてはいないのだ。

ご近所の状況を把握しながらの散歩も少々気疲れする。帰ってから、いつものように仏壇の母に報告を済ませ、散歩は終わる。

でもやっぱり気になる。住んでいた人たちは、どこに行ったのだろうか？

おにぎり

今や空前のおにぎりブームで専門店が続々とできているという。外国人にも人気で外国にもすでに進出しているらしい。

テレビの情報だが、おにぎりの人気店に行列ができ、なんと三時間待ちになることもあるそうだ。

三時間もあったら、家に帰り、ご飯を炊いて、味噌汁やちょっとしたおかずも作れると思うけどなあ。

具材も豊富でバラエティに富み、おにぎり山のてっぺんから具が噴き出している感じ。お米のこだわりや握り方にも工夫があるようで、待たされても皆さん満足そうに頬張っていた。

小さい頃、運動会や遠足などで何を食べていたか忘れてしまったが、大人になって時々ランチ用に持たせてくれたので覚えている。母のおにぎりは丸くて、しっかりと握ってあって、具はきまってシャケとおかか。海苔はご飯にくっつき湿っていた。私はおにぎりはそういうものだと思っていたので不満を感じることはなかった。

その後、コンビニのおにぎりも買うようになったが、具材も揃い、ご飯のツヤもよく、何よりもパリパリの海苔で食べられることが嬉しかった。

友達はかつて、他人の握ったおにぎりは食べないと言っていた。それは衛生面のことだと感じたが、子供にとって母親の手への信頼は厚いものだ。

私も母の手を疑ったことは一度もない。

今やおにぎりは、ただの握り飯ではなくなりどんどん進化している。まるでケーキを選ぶかのようにビジュアル的にも楽しめるものが生まれている。

華やかなおにぎりを見ていると、何だか無性に素朴な母のおにぎりが懐かしくなってくる。

ご飯がフワフワでなくてもいい、具がワンパターンでもいい、海苔がパリパリでなくてもいいから、母の手が握るおにぎりに、もう一度会いたい。

おにぎりは「お結び」とも言われる。あの小さな塊に手と手を結ぶ温もりが詰まっていて食べる人の手とも繋がっている。
冷めていても美味しいとは、思えば実に不思議な食べ物である。

あとがき

ここまで私の拙い川柳やエッセイを読んでいただきありがとうございました。

以前より川柳には興味を持っていて、サラリーマン川柳などのファンでもありましたが、自分で作ろうとも作れるとも思わず、むしろ俳句のほうが身近に感じていました。

ある時、新聞の「万能川柳」という欄が目に留まり自由な表現の川柳に、もしかして私にも出来るような気がして作り始めました。

日頃、感じていることを十七字にぶつけてみると、なんと気持ちのいいこと。出来の良しあしは別にしてどんどん言葉が湧いてきました。溢れる思いが、コップからこぼれて蒸発してしまわぬうちに形にしなくてはと思い、大胆にも今回本にさせていただきました。

エッセイは川柳の中から一部を文章にしたものですが、私の稚拙さを露呈することにもなり、母を亡くしたばかりで随所に母への思いが出ることとなりました。

私という人間を世に送り出した両親がいなくなり、根を失った草木のように自分の存在が心もとなく感じました。

そんな時、私にもわずかに残っていた根があることに気付かせてくれたのは川柳でした。

悲しみのなかで生まれる句、希望を託した句もあります。またネタを得るために社会に目を向けることで、今を生きている自分の存在を改めて確認できたような気がします。

この世を生き抜いていくことは大変なことです。

誰もが、大きさは違えども悩みや背負っているものがあると思います。

川柳になじみのない方でも吐き出したい思いや日頃感じていることなどを十七字（五七五）にしてみませんか？　心の整理がついて落ち着くものです。

漫才やバラエティ番組を見なくても日常におもしろいこと、クスッと笑えることに出合うことがありますよね。私のように、そのつもりもなく笑いを提供する人もいます。

それをいつのまにか記憶から消してしまうのはもったいないと思います。川柳にしてほかの人にも教えてあげましょう。

これをきっかけに一人でも川柳に親しむお仲間が増え、人生を少しだけ楽に生きることができて心が軽くなりますように願っております。

著者プロフィール

平井 あけみ（ひらい あけみ）

1952年、東京深川で生まれる。現在は郷土愛の薄い埼玉県人。

学生時代は、陸上やハンドボールの選手としてそこそこの活躍。

50歳を過ぎてから山登りを始め、仲間と数々の山に登ったが、
今に至っては「山は観るもの」となっている。

隠居にて、過去の所業を反省しつつ、一日一日を丁寧に感謝しながら暮らしている。趣味は川柳、俳句などの投稿。

つぶやき川柳

2024年6月15日　初版第1刷発行

著　者　平井 あけみ
発行者　瓜谷 綱延
発行所　株式会社文芸社
〒160-0022　東京都新宿区新宿1－10－1
電話　03-5369-3060（代表）
03-5369-2299（販売）

印　刷　株式会社文芸社
製本所　株式会社MOTOMURA

©HIRAI Akemi 2024 Printed in Japan
乱丁本・落丁本はお手数ですが小社販売部宛にお送りください。

送料小社負担にてお取り替えいたします。

本書の一部、あるいは全部を無断で複写・複製・転載・放映、データ配信することは、法律で認められた場合を除き、著作権の侵害となります。

ISBN978-4-286-25342-8